VIS TA VIE
UNE BÊTISE À LA FOIS

Les chroniques de Jim Benton, directement de
l'école secondaire Malpartie

mon JOURNAL FULL NUL

UNE
NOUVELLE
ANNÉE

VIS TA VIE
UNE BÊTISE À LA FOIS

JASMINE KELLY

Texte français de Marie-Josée Brière

Éditions
SCHOLASTIC

Catalogage avant publication de Bibliothèque et Archives Canada

Benton, Jim

[Live each day to the dumbest. Français]

Vis ta vie une bêtise à la fois / Jim Benton ; traductrice, Marie-Josée Brière.

(Mon journal full nul. Une nouvelle année)

Traduction de : Live each day to the dumbest.

Publié en formats imprimé(s) et électronique(s).

ISBN 978-1-4431-5136-8 (couverture souple).--ISBN 978-1-4431-5276-1 (html).--
ISBN 978-1-4431-5277-8 (html Apple)

I. Titre. II. Titre: Live each day to the dumbest. Français. III. Collection:
Benton, Jim. Mon journal full nul. Une nouvelle année.

PZ23.B458Vi 2016   j813'.54   C2015-906103-2
                                               C2015-906104-0

Édition publiée par les Éditions Scholastic, 604, rue King Ouest, Toronto (Ontario) M5V 1E1.

5 4 3 2 1   Imprimé au Canada 121   16 17 18 19 20

MIXTE
Papier issu de
sources responsables
FSC
www.fsc.org   FSC® C004071

Pour les grands-mamans
et les grands-papas

Avec mes remerciements particuliers à Kristen LeClerc et à l'équipe la plus full nulle de Scholastic : Shannon Penney, Yaffa Jaskoll, Emily Cullings, Sarah Evans et Abby McAden

ARRÊTE!

TU N'AS PAS
LE DROIT DE LIRE
CET IMPORTANT
DOCUMENT HISTORIQUE.

TU NE VOUDRAIS PAS
QUE TES
DESCENDANTS
PENSENT QUE TU AVAIS
LE NEZ FOURRÉ PARTOUT,
HEIN?

MAIS SI TU CONTINUES À LIRE, DES DESCENDANTS, TU N'EN AURAS PEUT-ÊTRE PAS...

CE JOURNAL APPARTIENT À

Jasmine Kelly

ÉCOLE : École secondaire Malpartie

GRAND-MÈRE : Grand-maman, connue quelque temps sous le nom de GAMMAN

ARRIÈRE-GRAND-MÈRE : Aucune idée

ARRIÈRE-ARRIÈRE-ARRIÈRE-ARRIÈRE-ARRIÈRE-ARRIÈRE-ARRIÈRE-ARRIÈRE-ARRIÈRE-ARRIÈRE-ARRIÈRE-ARRIÈRE-GRAND-MÈRE :

Une femme des cavernes, je suppose...

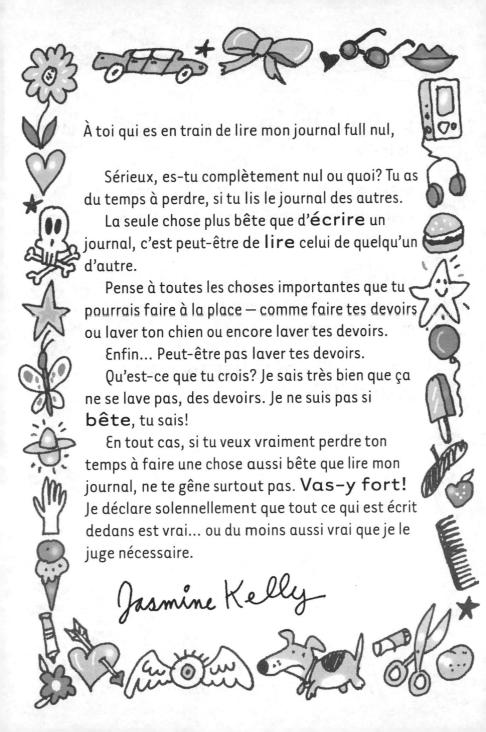

À toi qui es en train de lire mon journal full nul,

Sérieux, es-tu complètement nul ou quoi? Tu as du temps à perdre, si tu lis le journal des autres.

La seule chose plus bête que d'**écrire** un journal, c'est peut-être de **lire** celui de quelqu'un d'autre.

Pense à toutes les choses importantes que tu pourrais faire à la place — comme faire tes devoirs ou laver ton chien ou encore laver tes devoirs.

Enfin... Peut-être pas laver tes devoirs.

Qu'est-ce que tu crois? Je sais très bien que ça ne se lave pas, des devoirs. Je ne suis pas si **bête**, tu sais!

En tout cas, si tu veux vraiment perdre ton temps à faire une chose aussi bête que lire mon journal, ne te gêne surtout pas. **Vas-y fort!** Je déclare solennellement que tout ce qui est écrit dedans est vrai... ou du moins aussi vrai que je le juge nécessaire.

Jasmine Kelly

P.-S. D'accord, je blaguais! Tu n'as pas le droit de le lire.

P.P.-S. : Oui, vraiment! C'était une blague, tout à l'heure. **Je te défends** de lire mon journal!

P.P.P.-S. : Est-ce qu'il y a une limite au nombre de P.-S. qu'on peut mettre? J'espère que ce n'est pas trois.

P.P.P.P.-S. : DÉFENSE DE LIRE CE JOURNAL!

DIMANCHE 1ER

Cher nul,

Ma mère m'a demandé de laver la douche aujourd'hui, alors je lui ai expliqué calmement que laver, c'est ce que fait une douche, et qu'il était donc **ridicule** de la laver elle-même.

— Il suffit juste de prendre une douche dans la douche, maman, ai-je dit, avant d'ajouter « DAH » parce qu'à ce moment-là, ça me paraissait une bonne idée.

Ce moment-là est passé, et maintenant, elle m'oblige **aussi** à ranger ma chambre.

VOYONS, MAMAN!

On ne lave pas le SAVON non plus.

Il se lave tout seul.

Quand tu ranges ta chambre, est-ce que ça t'arrive de fourrer tout ton fouillis dans un tiroir et de le fermer pour que la chambre soit tout à coup **parfaitement propre**, comme par magie?

Je me demande pourquoi on ne pourrait pas concevoir des maisons où les chambres seraient juste des immenses tiroirs à fouillis qu'on peut refermer.

Honnêtement, quand je pense à des choses aussi évidentes, je me demande ce que **font** les architectes! Vraiment!

C'est comme le frigo. Chaque fois que tu cherches quelque chose à manger, ton père te crie de ne pas rester plantée devant la porte ouverte. Si les architectes avaient un peu de **jugeote**, ils concevraient des frigos avec une porte arrière secrète dont les pères ne connaîtraient pas l'existence.

GGRR
GGRR

PÈRE FRUSTRÉ DE NE PAS AVOIR DE RAISON DE CRIER

PORTE SECRÈTE

Et qu'est-ce que tu penses de mon autre idée **brillante?** Comme on aime tous tellement ça, les brillants, pourquoi est-ce qu'on ne mangerait pas plus de choses brillantes? Qui pourrait résister à un sandwich fantastiquement lumineux, garni d'ingrédients étincelants de toutes sortes de couleurs scintillantes?

Ou pourquoi pas des aliments **moelleux?** Moelleux comme des chatons. Ça ne serait pas super de manger un chaton?

Pas un vrai chaton, bien sûr, mais plutôt un genre de gâteau qu'on pourrait flatter, caresser et prendre dans ses bras avant de le manger. Un gâteau qui ressemblerait à un chaton, et qui pourrait même miauler et courir après un point lumineux.

Et qui **ronronnerait.**

Bon, d'accord. Peut-être que si ça ronronnait, je trouverais ça plus difficile de le manger.

Pas **impossible**, mais difficile.

EST-CE QUE C'EST MAL?

Et pour les **vêtements**... Tout le monde sait qu'il y a quatre choses qu'on fait avec des vêtements :

1. On les adore.
2. On les déteste profondément tout de suite après.
3. On les jette par terre.
4. On se fait disputer et ils se font laver par maman.

Et n'oublie pas le **numéro 5** : On se sert de ses vieux vêtements pour habiller son beagle.

N'oublie pas non plus le **numéro 6** : On apprend à soigner les morsures de beagle.

Mais si on prenait tout ce qu'il y a de bon dans ma technologie de chatons comestibles (et il y en a **beaucoup!**) et qu'on l'appliquait aux chaussettes? Si on pouvait **juste** manger nos vêtements quand on se rendait compte qu'on les détestait? Maman n'aurait pas besoin de crier et on pourrait — je ne sais pas... Manger nos bas, je suppose.

Ouais... Écrit comme ça, ça n'a pas l'air aussi intéressant que je le pensais.

À demain pour **d'autres idées géniales**, cher nul!!!!!!!!! Bonne nuit!

P.-S : Qu'est-ce que tu penserais d'un point d'exclamation qui équivaudrait à **NEUF** points d'exclamation quand on écrit une chose qui mérite neuf fois le volume normal d'exclamations, mais qu'on n'a pas le temps d'en écrire autant? Ça ressemblerait à ceci :

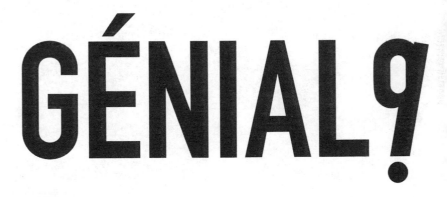

Pas bête, hein?

LUNDI 2

MARDI 3

MERCREDI 4

JEUDI 5

VENDREDI 6

SAMEDI 7

DIMANCHE 8

LUNDI 9

Mon très cher journal,

Grand-maman est morte.

C'est pour ça que je n'ai rien écrit depuis un bout de temps.

Ça s'est passé il y a une semaine. Je ne savais pas vraiment quoi écrire. Je pense que c'est la première fois que je laisse des pages **blanches** dans mon journal.

Quand mon père me l'a dit, je ne l'ai pas cru. Et puis, bien sûr, je me suis dit que ce n'était vraiment pas une blague qui se fait.

— Hé, ma chouette, grand-maman est morte. **Mais non, c'est une blague!** Tu aurais dû voir ta tête!

C'est papa qui m'a annoncé la mauvaise nouvelle parce que grand-maman était la mère de maman et que maman avait trop de peine pour en parler.

Je ne savais pas trop quoi dire à maman, et c'était étrange parce que je sais **toujours** quoi dire aux gens. Même quand je ne le sais pas, j'invente des choses. Je n'arrivais même pas à lui dire quelque chose pour **faire semblant.**

Pourtant, tu aurais dû m'entendre babiller quand mon poisson rouge est mort. Je me demande si les autres savaient que je ne pensais pas un mot de ce que j'ai dit à ce moment-là.

J'ai essayé de prier le bon Dieu.

Je lui ai dit à peu près ceci : « Alors, Dieu, je me demandais juste si tu pouvais peut-être **nous ramener grand-maman** et prendre quelqu'un d'autre à sa place, puisque je suppose que tu as un certain nombre de personnes à tuer chaque semaine. J'ai même fait une liste pour t'aider, une liste de gens qui seraient peut-être vraiment **contents** de mourir. Je peux la mettre sur le toit de la maison pour que tu puisses la lire plus facilement de là-haut. Il y a aussi un chien sur la liste, si tu es prêt à considérer ça comme un échange équitable puisque grand-maman était vraiment **vieille.** »

Et puis j'ai compris brusquement que tout ça était totalement stupide. Voyons, Jasmine! La pluie risquerait **d'effacer la liste**, là-haut sur le toit.

Sérieux, Jasmine, regarde-moi ce gâchis.

Désolée!

Je me suis dit aussi que ce n'était pas vraiment une bonne idée de demander à Dieu de faire des **échanges**. Même au centre commercial, on ne peut pas en faire si on n'a pas de reçu.

« Tu sais quoi, Dieu? Oublie ça. Je suis sûre que tu sais probablement ce que tu fais, alors je vais juste... Euh... Oh, hé!... J'ai un autre appel, je vais devoir te rappeler. »

Bien sûr, il a dû deviner que je n'avais pas **vraiment** un autre appel, mais je me suis dit qu'il me pardonnerait probablement mon petit mensonge. **Moi**, en tout cas, je me le pardonnerais, et Dieu est sûrement plus gentil que moi.

Et puis, s'il exauçait mon vœu et que grand-maman se présentait tout à coup à la porte, ça serait difficile de ne pas être au moins un tout petit peu **traumatisée**.

16

Et ça aurait pu être hyperbizarre aux funérailles :

« Grand-maman, c'est super que tu sois revenue, mais on va tous devoir **hurler de terreur** pendant à peu près une heure. »

À propos de funérailles, les siennes ont eu lieu jeudi dernier. Il y avait plein de monde et plein de fleurs.

Ce qui m'a fait réfléchir au sort de ces pauvres fleurs. C'est comme si on disait :

« Quelqu'un que tu aimais est mort, alors on a tué ça aussi. »

Les gens ont raconté des **histoires** sur grand-maman et ont partagé des **souvenirs**, et c'était un peu comme si elle était encore vivante, mais pas tout à fait. Alors je me suis dit qu'on devrait partager nos souvenirs avec les gens avant qu'ils ne deviennent eux-mêmes des souvenirs. Grand-maman aurait sûrement aimé entendre tout ça.

Et je me suis rendu compte que je n'étais pas vraiment très proche d'elle.

Mais c'était ma dernière grand-mère. Maintenant, il ne m'en reste **aucune.** Je n'aurai plus de cartes d'anniversaire avec des billets de cinq dollars. Plus de vêtements qui ne sont pas à ma taille comme cadeaux de Noël. Et plus de conversations sur ce qu'on pouvait s'acheter avec vingt-cinq sous dans le bon vieux temps.

Hé, grand-maman, si tout le monde aimait tellement s'acheter des choses pour vingt-cinq sous, pourquoi avez-vous changé tout ça?

Aux funérailles, mon père a dit qu'avec le temps ma mère s'en remettrait, mais qu'au fond de son cœur, une partie d'elle-même se sentirait probablement toute sa vie comme une **petite fille** qui a perdu sa mère pour toujours.

Perdu. Sa mère. Pour. Toujours.

C'est là que j'ai craqué. Je veux dire, **VRAIMENT** craqué. Tu sais, quand on dit que quelqu'un **BRAILLE COMME UNE FONTAINE?** Eh bien, c'était moi!

Je ne me souviens pas d'avoir déjà **pleuré** comme ça. Je pleurais surtout pour maman, mais aussi pour moi. Et pour tante Carole, la sœur de maman, qui a perdu sa mère elle aussi.

Et puis, j'ai pleuré pour papa parce que je savais qu'il avait beaucoup de peine pour maman et pour moi aussi parce que je pleurais. J'ai pleuré pour grand-maman parce que, si elle savait qu'elle nous faisait tous pleurer comme ça, elle se sentirait sans doute **terriblement** coupable.

Je suis allée aux toilettes et j'ai même pleuré en me voyant dans le miroir parce que j'avais l'air tellement **triste**, mais je n'ai pas pu m'empêcher de remarquer que j'avais aussi l'air vraiment **adorable** quand je pleurais. Alors j'ai pleuré parce que je me préoccupais de mon adorabilité au lieu de pleurer à des funérailles.

Parfois, je suis juste trop adorable pour les circonstances.

TAPOTEMENTS DÉLICATS

J'ai pleuré un peu pour mes beagles, Sac-à-Puces et sa Pucette. Je savais que s'ils faisaient une bêtise – **une crotte sur le tapis**, par exemple – pendant qu'on était aux funérailles, je serais obligée de les taper au point de devoir mettre ma main dans la glace.

Au risque de gâcher le suspense, je t'annonce qu'ils ne l'ont pas fait. Mais j'ai pleuré quand même. On pourrait dire que j'ai **prépleuré.**

Ce qu'il y a d'étrange, quand on pleure comme ça, c'est qu'on finit par manquer de larmes.

C'est comme quand on fait pipi.

Le lendemain, je pense que c'était vendredi, je n'ai pas pleuré **du tout**. Et je n'ai pas vu ma mère pleurer non plus.

Je pense qu'on voulait tous une journée pour ne plus penser à ça. J'ai failli en parler à ma mère, mais elle n'était pas redevenue elle-même, alors je me suis dit que je ferais mieux de ne pas lui parler. De rien.

Donc, même si c'est normalement elle que je consulte sur les questions de beauté, j'ai demandé à mon père si je pouvais me faire percer la lèvre, le nez et le sourcil. Et j'ai eu droit à un sermon de **dix bonnes minutes** sur ce qui devrait être percé et ce qui ne devrait pas l'être.

La liste des choses que je ne peux pas me faire percer est plutôt longue. Elle contient même des endroits auxquels je n'avais pas pensé. Le principal argument de mon père, c'est qu'il y a tout plein de bijoux magnifiques qu'on peut porter sans avoir besoin de se faire **poignarder**.

Je suis contente de lui avoir demandé ça avant de passer à l'acte. Maintenant, je sais que je **ne dois pas** demander à ma mère avant de le faire.

Comment mon père

voit les bijoux

Tante Carole et oncle Dan se sont occupés de trier les vieilles affaires de ma grand-mère et de les mettre dans des boîtes. Tante Carole nous a même apporté une boîte remplie de choses qui pourraient me plaire. Je ne l'ai pas encore ouverte parce que je trouve ça **bizarre** de fouiller dans les affaires de quelqu'un d'autre.

Je me suis dit qu'un jour, Angéline fouillerait peut-être dans mes vieilles affaires et qu'elle essaierait peut-être certaines choses. Elle se servirait sûrement de ma brosse à dents et mettrait ses **délicats microbes** partout. Je te le dis tout de suite, Angéline, au cas où tu lirais ceci : mes chiens sont en train de lécher ma brosse à dents **EN CE MOMENT MÊME.** Ça t'en bouche un coin, hein?

P.-S. C'est la pure vérité, et je les laisse faire.

J'ai aussi passé ma soie dentaire entre les orteils crasseux de sac-à-puces et je l'ai remise DANS LE CONTENANT.

SWISH
SWISH
SWISH

SOIE

MARDI 10

Allô, toi!

Isabelle a été **superdouce** et **supergentille**
avec moi aujourd'hui au sujet de la mort de ma grand-mère.

(Une fois qu'elle a compris que ce n'était pas
contagieux, elle a cessé de s'inquiéter.)

Elle a dit que je pourrais probablement être exemptée de
certains devoirs. Il semble que les profs se montrent
toujours indulgents pendant quelque temps lorsqu'un élève
traverse une période difficile comme ça.

Isabelle a déjà obtenu une prolongation de deux
semaines pour faire une dissertation en prétextant qu'elle
s'était **écrasé un orteil**, jusqu'à ce qu'elle ne puisse
plus convaincre le prof qu'elle était incapable de lire si son
orteil n'était pas en bon état.

Comme
il faut
deux
mains pour
prendre
des notes
soigneusement...

il faut des orteils en bon état
pour tourner les pages.

ça me paraît
logique.

Isabelle a ajouté que, même si ma grand-mère ne nous avait pas indiqué ses dernières volontés, on pouvait **présumer** que ça incluait une exemption de devoirs pour Isabelle aussi. Elle m'a suggéré d'en glisser un mot aux profs.

Je lui ai répondu que les profs n'étaient **sans doute pas** au courant pour ma grand-mère. Elle était sûre que oui parce qu'habituellement les parents téléphonent à l'école pour signaler ce genre de chose. Et puis, comme ma tante travaille à l'école et qu'elle est mariée au directeur adjoint, la nouvelle avait dû se répandre.

Tu te souviens de M. Tremblay, mon cher nul? C'est notre prof d'études sociales, celui qui porte des **faux cheveux** pour avoir l'air d'un homme plus jeune avec une fausse chevelure épaisse... En tout cas, il m'a remis une petite carte de condoléances toute triste au début de son cours.

— Je suis vraiment désolé pour toi, Jasmine, a-t-il dit d'une voix sincèrement **triste**.

— Qu'est-ce que vous voulez dire? ai-je demandé.

— Ta grand-mère. Je suis désolé que tu l'aies perdue.

Il y a quelques autres personnes qui m'ont dit exactement la même chose, mais quand on y pense, ça n'a aucun sens. Quand une personne meurt, on ne la **perd** pas. On sait exactement où on l'a mise et on sait qu'elle va rester là. Elle n'ira se balader nulle part. Quand une personne est morte, c'est le seul moment où on **ne peut pas** la perdre.

Maintenant, reste là!

Angéline, elle, a parlé de départ, comme dans « Je suis désolée que ta grand-mère **soit partie** ».

Mais ça me paraît un peu bizarre ça aussi. C'est comme si ma grand-mère était partie discrètement, mais elle n'était **vraiment pas** très discrète! Si on lui demandait de porter quelque chose de chic, il fallait mettre de la crème solaire pour se protéger de son éclat. J'ai étudié des photos de l'ancien temps et ma théorie, c'est que si les vieux portent des vêtements colorés, c'est parce qu'ils veulent compenser pour tout le temps qu'ils ont passé en noir et blanc quand ils étaient enfants.

BOUCLES D'OREILLES VISIBLES D'UN AVION

PERLES GROSSES COMME DES BALLES DE GOLF

Gris

Gris

Gris

gris foncé

Gris

SAC À MAIN OU PORTE-PONEY?

MOTIF POUVANT ENTRAÎNER UNE DOUCE FOLIE CHEZ LES MAMMIFÈRES

GRAND-MAMAN

GRAND-MAMAN ENFANT

En tout cas, moi, je dis qu'elle est **morte** parce que c'est ce qu'elle est maintenant. Toutes les autres formules donnent l'impression que je cherche à me persuader que ce n'est pas si terrible.

Mais la mort, **c'est** terrible. Je le sais, même si certaines personnes essaient de faire semblant que ça ne l'est pas.

Je ne suis pas stupide : si ce n'était pas si terrible de mourir, pourquoi est-ce que les ambulanciers rouleraient tout le temps aussi **vite?**

Chers ambulanciers...

Continuez de rouler le plus vite possible

surtout si c'est moi qui vous ai appelés.

Henri aussi m'a dit quelque chose au sujet de grand-maman.

Je ne sais plus si je t'ai déjà parlé de lui. C'est le huitième plus beau gars de l'école. Peut-être même le **septième**, maintenant, puisque le numéro quatre est parti en vacances et qu'il a pris une décision **douteuse** au sujet de sa coiffure : il s'est fait faire des tresses africaines. Ce qui a fait baisser sa cote, on s'entend! En règle générale, les tresses africaines vont bien seulement :

A. Aux Africains.

B. Aux gens à qui les tresses africaines vont bien.

C. C'est tout.

Tous les autres, prière de s'abstenir. **S'il vous plaît.**

Donat Farlouche est un excellent exemple de personne qui ne devrait jamais se faire faire des tresses africaines.

En plus, son déo ne fait visiblement pas son travail.

En tout cas... Henri m'a dit quelque chose. Probablement quelque chose de **gentil**. Je ne m'en souviens pas. J'ai un peu de difficulté à me concentrer ces temps-ci. J'ai parfois l'impression que le monde entier ressemble à un cours sur un explorateur de l'ancien temps qui a découvert quelque chose comme une des plus grosses collines de l'Ontario. On sait que ça va probablement être une question d'examen, mais on ne peut **juste pas** s'y intéresser.

Hé, Éducation! C'est difficile de s'intéresser à ces choses-là...

LES GARS QUI ONT INVENTÉ DES CHOSES

AIGUISOIR À CROCHET DE PIRATE

DONT PLUS PERSONNE NE SE SERT

LES GENS QUI CROYAIENT À DES CHOSES

AUXQUELLES PLUS PERSONNE NE CROIT

LES DATES D'ÉVÉNEMENTS

AUXQUELS ON N'ASSISTERA PAS

MERCREDI 11

Cher nul,

J'ai ouvert la boîte remplie des affaires de grand-maman aujourd'hui. Il y avait de vieilles photos d'elle et de mon grand-père ensemble, et aussi des photos d'elle quand elle avait à peu près mon âge.

Les gens s'habillaient beaucoup mieux à l'époque. Honnêtement, dans ma famille, si on n'a pas besoin de se faire beaux pour une occasion spéciale, on a l'air d'une bande d'**épouvantails** qui ne sont jamais invités aux endroits que fréquentent les épouvantails plus chics.

J'avais envie de demander à grand-maman pourquoi tout le monde s'habillait aussi bien, dans son temps.

Et puis, je me suis souvenue. *Ah oui, bien sûr! Tu ne peux plus me répondre, maintenant.*

Grand-papa qui s'en va tondre sa pelouse

Papa qui s'en va au restaurant

Il y avait aussi des photos de mon grand-père, dont quelques-unes, quand il avait à peu près mon âge et d'autres quand il avait l'âge de mon père.

Il avait l'air d'un **dur à cuire** – parfois même un peu **inquiétant**.

Dans ce temps-là, les hommes, comme mon grand-père, étaient capables d'abattre quelques dizaines d'arbres dans la forêt et de construire une maison de leur propre mains simplement à l'aide d'une scie rouillée qui avait une seule dent. Alors que mon père est incapable d'ouvrir une chaise pliante sans **se pincer** un doigt.

J'avais envie de demander à grand-papa pourquoi les hommes étaient si différents de ceux d'aujourd'hui. Pourquoi est-ce qu'ils avaient tout le temps l'air d'être des durs à cuire?

Et puis, je me suis souvenue. *Ah oui, bien sûr! Tu ne peux plus me répondre non plus.*

Quand les gens meurent, c'est comme s'ils déposaient leur téléphone pendant que tu leur parles et qu'ils ne le ramassaient plus jamais.

Il y avait aussi un collier dans la boîte, et j'ai décidé de le porter. Il est plutôt **laid**, mais on dirait qu'autrefois les gens aimaient les choses laides. Je pense que les femmes ne se maquillaient pas autant à cette époque-là, alors elles se disaient probablement que si elles portaient un collier laid, leur visage paraîtrait **plus joli**.

Ce qui me fait croire que, si je me mettais Sac-à-puces autour du cou, je pourrais sûrement faire **la une d'un magazine**.

C'est une stratégie intéressante, mais je pense que je vais porter le collier sous mes vêtements. Si ma mère le voit, ça risque de la faire pleurer, et pas seulement à cause de la laideur du collier.

Oh.

Encore une petite chose.

J'ai trouvé le journal de ma grand-mère dans ses affaires. **Je vais peut-être le lire.**

JEUDI 12

Cher full nul,

D'accord. Je sais que je donne parfois l'impression de ne pas vouloir que les autres lisent **mon** journal, même si ça ne me dérangerait pas trop, en fait. Je ne sais pas. Je n'y ai pas vraiment réfléchi.

Mais tu ne penses pas que ma grand-mère voudrait que je lise **son** journal? Regarde, voici ce qui est écrit à la première page :

À toi qui lis mon journal sans ma permission : **NE CONTINUE PAS À LIRE.** *Je te souhaite mille malheurs, et mille de plus. Arrête tout de suite avant de porter atteinte encore plus à mon droit à la vie privée.*

Tu vois ce que je veux dire? **Ce n'est pas très clair.** On peut interpréter ça de différentes manières. Je crois qu'elle essaie de dire que je peux lire son journal seulement si j'ai sa permission.

Mais si je n'avais pas sa permission, elle l'aurait brûlé il y a longtemps, non? C'est vraiment la seule façon de refuser entièrement une permission.

Quand les gens tiennent vraiment à quelque chose, ils devraient le jeter dans un volcan.

Elle aurait pu le jeter dans un volcan. J'ai l'impression qu'il y avait beaucoup de volcans dans l'ancien temps. Mais je confonds peut-être avec le temps **des hommes des cavernes.**

Le **simple fait** d'avoir le journal en ma possession me donne de toute évidence la permission de le lire. De la même manière que je **NE PEUX PAS** lire les choses que je n'ai **pas.**

Affaire classée.

Plus belle. Avocate. Au monde.

On me laisse utiliser de vraies colombes au tribunal.

J'AI PROBABLEMENT INVENTÉ LA PROFESSION **D'AVOCALLERINE.**

VENDREDI 13

Cher nul,

Isabelle était **contrariée** à l'école aujourd'hui. Elle a admis qu'elle pensait beaucoup à ma grand-mère.

Vois-tu, certaines personnes croient qu'Isabelle n'est pas gentille parce qu'il lui est arrivé de faire peur à des petits enfants pour voler leurs bonbons d'Halloween. Mais ils oublient tout ce qu'elle a fait de **positif** pour les familles des psychiatres qui vont soigner ces enfants là jusqu'à l'âge adulte.

Il y a aussi des gens qui la trouvent méchante parce qu'elle a lancé des pommes au vieux retraité grincheux qui nous criait toujours après quand on marchait sur sa pelouse. Mais ils ne soulignent jamais combien ce vieil homme a eu de la chance de recevoir une **TONNE** de pommes gratuitement. Et aussi quatre œufs.

Et puis, ils pensent que ce n'était pas bien de sa part d'inventer une histoire sur ses méchants grands frères et de dire à la police que...

Bon, d'accord! Au moins, elle a donné des **pommes gratuites** à cet homme.

En tout cas, moi, je connais Isabelle et je sais qu'elle **est** gentille. Ça m'a paru encore plus évident quand j'ai vu à quel point elle se montrait sensible au sujet de ma grand-mère.

Isabelle a dit qu'elle commençait à s'inquiéter d'être un jour trop vieille pour faire certaines choses. Elle avait peur de mourir en laissant beaucoup de gens derrière elle sans leur avoir dit à quel point ils étaient **nuls**.

Isabelle a dit doucement, peut-être même en retenant quelques larmes :

— Je ne voudrais pas mourir sans avoir **frappé** tout le monde.

TOUT LE MONDE A LE DROIT

DE SE FAIRE TABASSER

PAR MOI

JE CROIS QUE JE VIENS DE CONCEVOIR SES ARMOIRIES

Elle m'a demandé s'il y avait quelqu'un que ma grand-mère aurait voulu insulter ou écorcher, ou quelque chose du genre, sans avoir eu le temps de le faire.

— Ou peut-être qu'il y a une plate-bande de fleurs qu'elle aurait aimé piétiner ou la pelouse de quelqu'un qu'elle aurait voulu détruire? Peut-être des cheveux qui auraient dû être tirés?

Tu vois? Isabelle est **TERRIBLEMENT** gentille.

Je lui ai dit qu'il n'y avait pas moyen de le savoir.

À moins...

À moins qu'on regarde dans le journal de grand-maman.

Si jamais tu te retrouves par terre, le visage collé au plancher d'un corridor de l'école, c'est peut-être parce que tu auras donné à Isabelle une raison de croire qu'il y a quelque chose qu'elle veut dans ton sac à dos **ET** que tu auras négligé une étape essentielle (enlever ton sac à dos) avant de lui donner cette impression. Erreur de débutant.

Après avoir farfouillé quelque temps dans mon sac, elle a **finalement** été convaincue que le journal n'y était pas. Je lui ai expliqué qu'il était à la maison, mais que j'avais lu seulement la première page puisqu'il était indiqué de ne pas en lire plus.

En fait, j'ai « **grogné** » plutôt qu'« **expliqué** » parce qu'Isabelle était encore assise sur moi.

C'est alors que j'ai appris que je venais de l'inviter à souper.

Et à venir dans ma chambre.

Et à lire le journal de ma grand-mère.

Je t'ai dit que les gens, autrefois, s'habillaient différemment de nous. Mais je n'ai peut-être pas mentionné qu'ils **écrivaient** différemment aussi.

Premièrement, ils écrivaient presque toujours en lettres cursives parce que c'était censé être plus rapide, même si tout le reste de leur vie était beaucoup plus lent. Hé, les vieux écrivains! Qu'est-ce qui **pressait** tant?

Je dois me dépêcher pour terminer d'écrire ceci afin de pouvoir aller m'asseoir sur le perron et baratter du beurre sans Internet en regardant des personnes vieillottes marcher lentement avec leurs souliers incroyablement démodés.

Mais revenons-en à cette histoire d'écriture cursive. Regarde cette phrase-ci :

Que diriez-vous d'acheter des zèbres?

C'est écrit : « Que diriez-vous d'acheter des zèbres? » Le truc au début qui ressemble à un **2** est en fait la lettre *Q*.

Hé, les **vieux inventeurs de lettres**, pourquoi avoir écrit ça comme ça? Est-ce qu'aucune autre forme n'avait encore été inventée?

Je suis certaine qu'ils se réunissaient pour discuter de choses comme ceci :

« De quoi devrait avoir l'air la lettre Q? Pourquoi ne pas utiliser le chiffre 2? On n'utilise à peu près jamais le 2, après tout. »

Si je suis capable de lire l'écriture cursive, c'est uniquement parce que ma grand-mère m'envoyait de longues lettres et que maman me forçait à les lire. Isabelle n'a jamais appris, alors elle peut lire seulement certains mots, et **ça la frustre**. C'est d'ailleurs une des raisons pour lesquelles elle prétend détester tous les personnages historiques. (Elle les déteste aussi parce qu'ils veulent qu'on les étudie.)

— D'ailleurs, si ces documents étaient si importants, ils les auraient écrits **à l'ordinateur**, non? dit-elle.

Mais je vais te faciliter la vie, mon cher nul, et je vais transcrire les passages du journal de grand-maman de manière que tu puisses les comprendre.

D'autres raisons pour lesquelles Isabelle déteste les personnages historiques.

Ils fabriquaient des lunettes pour améliorer un peu la vue.

Ils fabriquaient des chapeaux en forme de TRIANGLES plutôt qu'en forme de CHAPEAUX.

Ils s'habillaient comme pour nous INVITER à leur donner une raclée.

Ils auraient pu faire des choses moins importantes pour qu'on n'ait pas à les étudier.

Il y a aussi autre chose qui était différent. Grand-maman ne **nommait** pas les gens dans son journal, elle utilisait leurs initiales. J'ai déjà vu ça dans d'autres vieux livres.

Elle a écrit qu'elle avait le béguin pour quelqu'un qu'elle appelait M.B. Elle n'a même pas écrit son nom, seulement ses initiales. Elle devait avoir peur qu'un curieux lise son journal. Ce que tu pouvais être **paranoïaque**, grand-maman! Personne ne va lire ton journal si précieux, voyons! **Relaxe.**

J'aurais bien voulu y avoir pensé moi-même.

Je te lis la première page.

J'ai vu **M.B.** à l'école aujourd'hui, toujours aussi magnifique. J'allais l'aborder pour lui faire la conversation, mais **A.T.** a été plus rapide, et ils se sont mis tous les deux à rire et à bavarder. J'ai eu l'impression de disparaître.

Je parie que personne ne saurait de qui je parle si j'utilisais des initiales.

Isabelle et moi nous sommes dit que c'était **exactement** le genre de chose qu'on aurait pu écrire. Sauf qu'Isabelle aurait probablement renversé A.T. et que j'aurais peut-être glissé un morceau de salami dans son casier juste avant une longue fin de semaine.

J'aurais aimé crier après le journal : **« Allez, grand-maman, ne te laisse pas faire! »**

Et voici ce qu'elle a écrit sur une autre page :

La danse approche. J'espère bien pouvoir danser avec M.B. Il n'y a rien de plus important dans ma vie. J'espère qu'A.T. ne sera pas là.

Si tu n'as pas de salami, tu peux utiliser autre chose...

DU SAUCISSON À L'AIL

UNE CHAUSSETTE SALE

DU FROMAGE QUI PUE

ou faire un combo super amusant!

Et puis ça m'a frappée. C'était **EXACTEMENT** une chose que j'aurais pu écrire. Je me suis sentie un peu drôle en pensant à ma grand-mère, là-bas, dans le passé, en train de perdre du temps que je sais qu'elle n'avait pas puisque je suis ici dans le futur et que je sais... Eh bien, je sais qu'il ne lui reste plus **du tout** de temps.

J'ai refermé le journal sans laisser Isabelle en lire plus.

Il nous faudrait un moyen d'appeler les gens dans le passé

pour leur dire ce qu'on pense.

NOUILLE

À la place, on a parlé d'affaires de filles dans le noir pendant un bout de temps. On a jasé de musique, de garçons, et aussi du fait qu'Angéline deviendra laide en vieillissant, mais je n'arrêtais pas de penser à cette page du journal de ma grand-mère.

C'était **tellement** bête. Elle ne faisait que penser à une danse bébête.

Comme celles auxquelles je pense bêtement.

Comme la danse qui approche bêtement.

Est-ce que je suis bête moi aussi? Est-ce que je suis dans mon passé **en ce moment**, en train de dire des bêtises? Et est-ce que tu es en train de lire ça, ma chère petite-fille, en te disant que je suis vraiment très bête?

Eh bien, arrête. C'est irrespectueux envers ta vieille mamie. Va te donner une fessée.

À moins qu'il y ait des robots pour faire ça maintenant. Va dire à ton **robofesseur** de te donner une fessée.

Ou si tu as un robopauseur-dans-le-coin, j'imagine que ça peut faire l'affaire aussi.

Mais une fessée serait mieux.

SAMEDI 14

Cher journal,

Isabelle a demandé à lire une autre page du journal de grand-maman avant de retourner chez elle ce matin. C'est difficile de lui résister quand elle fait ses **yeux-de-petit-chien**.

Ces **yeux-de-petit-chien** disent quelque chose comme : « Fais ce que je te dis ou je vais crever les yeux de ton petit chien. »

Je lui ai donc lu encore une page.

Comment puis-je faire le poids à côté de ces cheveux magnifiques et de ces grands yeux bruns? J'imagine parfois un éléphant de cirque s'asseyant sur A.T. J'ai ensuite légèrement honte et je suis un peu en colère contre moi-même. Mais ça me fait aimer les éléphants et ça me fait me demander quand le cirque sera de nouveau en ville.

Oh, elle est très capable de le faire!

— À quelle école ta grand-mère est-elle allée? a demandé Isabelle.

Je lui ai répondu que je n'en avais **aucune idée.** Elle a voulu demander à ma mère, mais je lui ai fait remarquer que ma mère m'enlèverait probablement le journal. Je suis certaine qu'elle n'aimerait pas qu'on le lise.

— **Tu te souviens?** C'est comme quand tu lui as demandé comment enlever du fixatif à cheveux sur un beagle, lui ai-je rappelé.

Ensuite, je me suis souvenue qu'il y avait d'autres choses dans la boîte que tante Carole avait apportée. On a donc fouillé dedans jusqu'à ce qu'on trouve des vieux bulletins de grand-maman. **Rien que des A en arts.** J'imagine que c'est de famille...

Isabelle a plissé les yeux pour lire les petits caractères.

— Je l'ai! École secondaire Marchaupas. Ça dit que c'est à Val-Déry. Je me demande si ça existe encore, a-t-elle dit.

J'ai demandé à Isabelle pourquoi elle voulait savoir ça et elle m'a dit de me mêler de mes affaires. Je lui ai signalé qu'on faisait exactement l'**inverse** et elle a reconnu que je n'avais pas tort, puis elle m'a frotté le visage avec un jouet à mâcher de Sac-à-puces et elle est partie.

Jouet à mâcher tout neuf

Jouet mâché pendant une minute

Jouet mâché pendant un an

Jouet mâché pendant dix millions d'années

LES JOUETS À MÂCHER ATTEIGNENT LEUR DÉGOÛTANTERIE MAXIMALE EN UNE MINUTE

DIMANCHE 15

Salut, mon beau journal!

Tante Carole et oncle Dan sont venus à la maison ce matin et ils m'ont **serrée dans leurs bras** un peu plus longtemps que d'habitude. Je suppose que les gens font ça quand ils sont tristes. Mais ils font ça aussi quand ils sont contents.

En fait, c'est un moyen assez peu fiable pour deviner les sentiments des gens, surtout Isabelle. Parce qu'elle le fait aussi quand elle est fâchée ou quand elle a faim. (Quoiqu'elle nous serre surtout **le cou**, dans ces cas-là.)

Ne pourrait-on pas accepter qu'on ne fasse pas tous des CÂLINS de la même manière?

Tante Carole est mariée à notre directeur adjoint (oncle Dan) et, en plus, elle travaille à l'école. Alors, elle sait tout ce qui se passe à l'école, ou du moins tout ce que les jeunes veulent bien qu'elle sache.

— Vas-tu à la danse? m'a-t-elle demandé.

— Je ne sais pas, ai-je répondu.

— Tu sais avec qui tu devrais y aller?

— Avec qui?

— **Avec tes fesses!**

C'est le genre de bêtise que tante Carole dit quand elle veut que ma mère lui lance quelque chose à la figure.

— Carole! Voyons! a dit ma mère.

— Et pourquoi pas? a répliqué tante Carole comme si c'était la chose la plus naturelle du monde.

Oh, tante Carole...

Ma mère a dit qu'elle savait exactement ce qu'il y avait **derrière** la suggestion de tante Carole, et tante Carole a répondu que c'était parce que ma mère était une **fessialiste** de ce genre de choses.

En les entendant rigoler toutes les deux, j'ai eu une pensée pour ma grand-mère et je me suis demandé si elles avaient le droit de dire des bêtises comme celles-là alors que leur mère était... **tu sais ce que je veux dire.**

J'ai l'impression qu'elles ont eu la même idée que moi parce qu'elles ont arrêté de rire avant d'en arriver à la phase des klaxonnements-caquètements-renâclements.

Je saurai que ma mère est officiellement redevenue elle-même quand son rire recommencera à ressembler à un **incident déplorable** dans un zoo pour enfants.

MA MÈRE QUI RIT

UNE CHÈVRE QUI A LA BRONCHITE ET QUI A AVALÉ ACCIDENTELLEMENT UNE CORNEILLE

MÊME BRUIT

LUNDI 16

Allô, mon nul!

Aujourd'hui, M. Tremblay nous a probablement appris des affaires. Je ne suis pas sûre. C'était peut-être une de ces leçons qui vont m'être utiles **plus tard**. Depuis la maternelle, on me dit que tout ce que j'apprends à l'école me sera utile **plus tard**. J'ai vraiment hâte de voir à quoi vont me servir les bricolages avec du macaroni.

J'ai **essayé** de me concentrer sur ce que M. Tremblay disait, mais il faisait exactement ce que les profs font parfois quand ils ne veulent manifestement pas qu'on apprenne ce qu'ils sont en train de nous enseigner.

Ils choisissent un sujet qui n'intéresse personne et ils en parlent d'une façon qui incite les élèves à penser à **n'importe quoi sauf à ça.**

Tu sais pourquoi ils font ça? Penses-y : si on réussissait à apprendre tout ce qu'ils doivent nous enseigner, on pourrait très bien leur voler leur emploi l'année suivante. Alors il **FAUT** vraiment qu'on rate certaines choses.

Alors, j'ai pensé à autre chose.

J'ai réfléchi à l'ancien temps, quand tout était tellement **différent** et que grand-maman allait à l'école. L'Internet n'avait pas encore été inventé, et il y avait peut-être trois chaînes de télé, pas plus. Et je doute sérieusement que la gomme à mâcher de bonne qualité qui est essentielle aux humains modernes existait.

La seule chose à faire pour se distraire de la lecture de ses livres d'école, c'était de lire des livres pas d'école.

Tu t'imagines?!

Tu sais à quel point tu t'impatientes quand ton ordi prend dix secondes à s'allumer? Eh bien, ma grand-mère a dû attendre **cinquante ans** pour que le sien s'allume!

C'est peut-être pour ça que je la trouvais parfois un peu **bête**.

Angéline m'a interceptée dans le corridor tout à l'heure et m'a demandé comment j'allais. J'ai trouvé ça gentil de sa part, mais en même temps, je **n'ai pas tellement aimé ça.** J'avais l'impression qu'elle me trouvait faible et, si on avait vécu dans la nature, ça aurait voulu dire qu'elle avait l'intention de me chasser de mon bananier ou quelque chose du genre.

— **Tu n'auras pas mes bananes,** ai-je déclaré, mais je me suis rendu compte tout de suite qu'elle n'était peut-être pas assez brillante pour comprendre ce que je voulais dire par là.

Ça doit être dur d'être aussi nouille.

Qu'est-ce qui te fait croire que ce singe sale et sans génie, c'est Angéline?

Je n'ai jamais dit que c'était un portrait d'Angéline.

— Il y aura bientôt une autre danse, a ajouté Angéline, qui ne semblait pas avoir entendu mon avertissement sur les bananes.

Je me suis demandé combien d'heures de danse l'école jugeait nécessaires à notre bien-être. Honnêtement, quelques minutes par jour suffisent probablement pour la **santé**, alors ce n'est pas vraiment essentiel d'organiser une soirée spéciale juste pour ça. Je veux dire… On est aussi censés prendre beaucoup de vitamine C, et pourtant, on n'a pas une soirée spéciale organisée chaque semaine pour boire du jus d'orange.

Encore trente secondes

OOUUHHHH
Si vous y tenez…

Danse

Danse

Danse

C'est à ce moment-là que je me suis rendu compte que je ne me contentais pas de penser à tout ça. Je le disais. **À voix haute**. Peut-être même que je le criais. Et peut-être que je le criais **sans grand enthousiasme**.

Je ne devrais pas me fâcher contre Angéline. Je sais que son intention était bonne, mais je me fâche toujours contre les « **bien-intentionneurs** ». De plus, elle fait exprès d'être mignonne et ce n'est pas gentil de sa part. C'est peut-être même une forme d'intimidation non agressive et profondément plaisante.

Angéline fait EXPRÈS d'être merveilleuse. Si elle pensait VRAIMENT à nous, elle atténuerait tout ça.

DES CHEVEUX PROPRES ET BIEN COIFFÉS? VOYONS DONC!

TU POURRAIS DEMANDER À UN CHAT DE TE BOUFFER QUELQUES CHEVEUX.

POURQUOI NE PAS PRENDRE UN PETIT AIR MAUVAIS DE TEMPS EN TEMPS? ET TE COUPER LES CILS.

DES YEUX BLEU CIEL? ET **DEUX**, EN PLUS? PAS NÉCESSAIRE!

DES ONGLES PAS RONGÉS? PRENDS DONC UNE BOUCHÉE, ANGEL.

L'HONNÊTETÉ, ÇA SE SOIGNE. VOLE DONC UN OU DEUX SACS À MAIN.

ÉCOUTE, ON POURRAIT TOUS AVOIR L'AIR BEAUX DANS NOS VÊTEMENTS, MAIS POURQUOI TOI? ÇA NOUS PARAÎT MÉCHANT.

ÇA SERAIT GENTIL SI TU TE FAISAIS POUSSER D'IMMENSES PIEDS POILUS.

— Tu n'es pas obligée d'aller à la danse si tu n'en as pas envie, a dit Angéline. Mais on a besoin d'affiches. Et c'est toi, la meilleure fabricante d'affiches de l'école.

Elle avait raison. Les affiches d'école sont parfois d'un amateurisme désolant.

VeNTE dE PÂTISS eRIES

LE CLUB D'ÉCHECS, C'EST COOL

MAIS ATTENTION, PAS DE MISES EN ÉCHEC!

APPRENDS L'ÉCHIQUIER

COLLECTE D'ALIMENTS

APPORTE DES CONSERVES
POUR CEUX QUI ONT
FAIM

CRÈME
DE DÉCHETS

SOUPE

Ta mère a
probablement
des MACHINS que
tu ne mangeras
JAMAIS.

YEUX DE MOLLUSQUES

INSULTER LES GENS,
C'EST MÉCHANT!

Battons-nous
contre
l'intimidation

Paf

Brute →

Aïe!

MARDI 17

Allô, toi!

Isabelle a passé tout son temps libre devant un des ordinateurs de la bibliothèque. J'ai pensé qu'elle faisait des devoirs ou qu'elle essayait de faire planter l'Internet, ou alors qu'elle essayait d'acheter un boa constricteur.

« **C'est exactement comme des petits chatons**, dit-elle toujours. Des chatons sans pattes qui étouffent des gens de temps en temps. Tu n'en voudrais pas à un chaton, hein, s'il devait étouffer quelqu'un? »

Elle pense aussi que les araignées sont comme des chatons à huit pattes qui sont capables de faire sortir du fil de leur derrière.

J'aimerais bien pouvoir oublier que j'ai dessiné ça.

Je n'arrêtais pas de regarder dans sa direction pour essayer de voir ce qu'elle faisait, mais les bibliothécaires se rassemblent toujours autour d'Isabelle quand elle est en ligne pour s'assurer qu'elle ne fait rien d'illégal. Alors, je n'ai **rien vu.**

Ils font même venir des
BIBLIOTHÉCAIRES des autres
écoles en renfort.

Quand je lui ai posé la question plus tard, elle s'est contentée de froncer les sourcils et elle m'a dit :

— **Ne viens pas fourrer ton gros nez sale dans mes affaires, curieuse!**

Ce qui équivaut, en langage d'Isabelle, à un sourire accompagné d'un clin d'œil pour dire « **C'est un secret** ».

Isabelle nous rappelle gentiment de ne pas mettre notre nez dans ses affaires.

Parce que c'est comme ça que les nez se font mordre par accident.

Quand je suis rentrée à la maison cet après-midi, j'ai lu un autre passage du journal de grand-maman.

R., pour qui j'ai une grande amitié, dit que même si M.B. a l'air d'avoir le béguin pour A.T., je ne dois pas me décourager — quand bien même ça pourrait m'obliger à envoyer un coup de poing dans le nez de A.T. devant toute l'école. R. dit que tout ce que je risque, ce serait que mes parents doublent mes tâches et que le directeur me donne une fessée avec une palette.

Une **FESSÉE?** Avec une palette??? On punissait les enfants comme ça à l'école? Isabelle doit être rudement contente qu'on ne fasse plus ça à **notre** école.

CLAC

Les profs joueraient sûrement à ça tous les jours avec Isabelle.

J'aimerais bien qu'il y ait un moyen d'envoyer une note dans le passé pour dire à ma grand-mère de ne pas être aussi bête. Tu ne savais pas que tu allais grandir et devenir une grand-mère, grand-maman? Arrête de faire des **bêtises** comme ça!

Arrête de faire comme **moi**.

Je n'aime pas l'idée que des adultes fassent des CHOSES BÊTES comme les enfants.

Mon prof de maths

2 + 2 = KAT

Mon médecin

Ma mère

Cher F.N.,

Angéline s'est servie de son visage pour m'agacer, aujourd'hui, en produisant des petits bruits adorables.

— Il nous faut des affiches pour la danse, Jasmine. Tu avais dit que tu t'en occuperais. Si tu ne les fais pas, je vais devoir trouver **quelqu'un d'autre.**

Et elle a secoué Donat Farlouche devant moi pour montrer ce qu'elle voulait dire.

— Ça va, **j'ai compris!** ai-je dit, en me demandant à quel point Donat aimait ça, servir d'argument.

Il se contentait de sourire. Normalement, personne n'aime servir d'argument, mais Donat semble aimer toutes les formes de contact humain.

Et il n'y a pas beaucoup de gars qui s'opposeraient à ce qu'Angéline se serve d'eux comme aide visuelle.

C'est très impoli de secouer un épais devant quelqu'un.

À mon avis, ce n'est pas une bonne idée de secouer Donat Farlouche. J'ai souvent l'impression qu'il est déjà un peu **secoué**.

Un jour, il m'a demandé :

— Jasmine, quand je lèche ma paume à moi, ça ne me donne pas envie de crier. Mais quand je lèche la paume de gens que je ne connais pas, ils se mettent tout le temps à crier. Penses-tu qu'il y a quelque chose qui ne va pas chez ces gens-là?

En rentrant chez moi, je me suis mise au travail. J'avais constaté que ma grand-mère consacrait trop de temps à des bêtises comme cette danse et je me suis dit que c'était bête d'encourager les jeunes à faire des bêtises.

Je pense que **MA** future petite-fille sera fière de mes affiches sérieuses et convenables.

Brillant à faible éclat

Cartons de grandeur moyenne en BLANC SEULEMENT

Pas mes couleurs les plus brillantes

BRUN
BEIGE
BRUN PÂLE
GRIS

Chansons que je n'aime pas vraiment pendant que je travaille

UTILISATION PARTIELLE DE MON TALENT

JEUDI 19

Mon cher journal,

Angéline a fait une **gaffe** aujourd'hui. Au sujet de mes affiches.

Elle ne trouvait pas que mes affiches étaient bien pour la danse; elle avait espéré qu'elles seraient « réussies » — c'est le mot qu'elle a employé!

Et elle a ajouté que l'idée, c'était que les élèves aient **envie** de venir à la danse, alors que mes affiches ressemblaient plutôt à des annonces pour des... *funérailles.*

Oui, oui! Elle a dit **FUNÉRAILLES.** Et puis, elle s'est mis les mains sur la bouche.

Je ne sais pas combien de temps il faut, après que quelqu'un assiste à de vraies funérailles, pour que ça soit acceptable de prononcer le mot « funérailles » en lui parlant, mais je suis à peu près sûre que c'est plus jamais, jamais, jamais, jamais.

Bien sûr, Isabelle était **de mon côté** pour m'appuyer et approuver mes affiches, ce qu'elle a fait en s'éloignant avec un petit haussement d'épaules. Elle voulait probablement dire : « Angéline, tu es horriblement insensible, arrête d'être cruelle et blonde. »

J'ai dit à Angéline que c'était **moi** qui étais chargée de faire les affiches et que je ne les changerais pas.

Elle a hoché la tête sans insister, mais je sais que c'est uniquement parce que grand-maman est morte et qu'elle se sentait très mal à l'aise d'avoir dit un gros mot devant moi sans le faire exprès.

Il faudrait peut-être trouver de meilleurs mots pour les funérailles.

« Grand-maman célèbre son PREMIER NON-ANNIVERSAIRE. »

« Grand-maman est celle qui a retenu son souffle le plus longtemps. »

« Grand-maman ne voulait pas rater son vol. »

VENDREDI 20

Allô, mon nul!

Une autre page du journal de grand-maman :

Plus qu'une semaine avant la danse. J'ai tellement hâte! J'aimerais bien avoir quelque chose de mieux à mettre, mais on n'a pas beaucoup d'argent ces temps-ci. J'ai demandé à maman de me donner des leçons de danse. Je ne voudrais pas avoir l'air nulle à la danse. Est-ce qu'A.T. sait danser? Peut-être. J'espère que M.B. ne dansera pas avec cette andouille toute la soirée.

Peux-tu croire ça, mon nul? Page après page sur les choses les plus **bêtes** qu'on puisse imaginer! Grand-maman aurait pu penser à des choses importantes, écrire à propos de choses profondes, mais non, elle était toute à l'envers à cause d'un garçon et d'une jolie fille qui la rendait jalouse.

Je devrais demander à Henri ce qu'il pense de ça un de ces jours, quand Angéline ne sera pas en train de le mener par le bout de son huitième **(peut-être même septième)** plus beau nez de l'école.

SAMEDI 21

Cher journal,

Henri **a téléphoné** chez nous ce matin avant même
que je sois réveillée. Dans le temps, quand j'étais plus bête,
je l'aurais probablement rappelé bêtement tout de suite
pour lui raconter des bêtises, mais ces jours-là sont derrière
moi.

Ou alors — à cette époque-là où j'étais si bête —, j'aurais
appelé Isabelle pour voir si elle voulait qu'on fasse **des
bêtises** ensemble, comme un concours de danse avec
mes beagles, qui ne nous ont à peu près jamais battus...
sauf une fois.

C'était peut-être un peu méchant de ma part, mais je
dois dire que personne ne peut **secouer ses fesses**
plus efficacement qu'un beagle avec un ballon attaché au
bout de la queue.

Ma mère s'en allait faire encadrer une photo de grand-maman et elle m'a demandé si je voulais l'accompagner. J'aurais bien aimé y aller, mais j'ai un tas de devoirs à faire en fin de semaine et il fallait que je commence à **faire semblant** de les faire.

Faire semblant de faire des devoirs, c'est un premier pas avant de les faire pour vrai.

Étape 1 :
Aiguiser ses crayons

Étape 2 :
Aiguiser d'autres crayons

Étape 3 :
Prendre un égoportrait avec ses devoirs

Étape 4 :
Aiguiser plus de crayons

DIMANCHE 22

Bonjour, toi!

Oh, et puis, tant pis!
Je me suis levée de bonne heure ce matin et j'ai **FAIT** mes devoirs. Je n'ai pas **fait semblant** de les faire. Je les ai **faits**. Avec de vrais crayons, de vrais mots et de vrais chiffres, genre.

Je sais ce que tu penses, cher toi, mais non, la télé fonctionnait très bien.

Et l'Internet fonctionnait normalement.

Et les chiens n'ont pas eu encore une fois la **diarroyale** sur mon lit. (C'est mon terme de médecine pour désigner une diarrhée royale.)

Je trouvais juste que je devrais me montrer plus **sérieuse**, tu vois, pour ma petite-fille qui est sûrement en train de lire mon journal.

(Tu as vu ça, **Élialexicité**? C'est grand-maman qui écrit, et elle n'est pas bête. Et en passant, ton nom — Élialexicité —, c'est moi qui l'ai créé en combinant les trois plus beaux noms que je connais : Élisabeth, Félicité et Alexandra. De rien, ça m'a fait plaisir.)

Élialexicité

Regarde! Tu peux faire trois COEURS!

J'ai aussi fait le ménage de ma chambre, et je n'ai même pas utilisé la méthode du tout-dans-le-tiroir. Ça m'a pris **des heures**. J'ai même trouvé une chaussette que j'avais perdue en troisième année et qui était là, par terre, bien visible depuis tout ce temps. Je me demande pourquoi je n'ai pas pensé à la chercher **par terre**.

Et puis, j'ai brossé Sac-à-puces. Ça devait être la première fois que je le faisais parce que j'ai ramassé assez de poils pour faire un nouveau beagle. Ça l'a tellement intéressé que, pendant que j'étais en bas pour chercher un balai, je pense qu'il a probablement mangé son **jumeau en poil**. Je ne peux pas le blâmer. C'était vraiment un objet **magnifique**. J'aurais probablement mangé ma jumelle, moi aussi.

Je dois avoir assez de cheveux pris dans ma brosse pour créer une JASMINE EN CHEVEUX.

Oh, mon Dieu! Ce serait comme mon magnifique et splendide bébé!

J'ai même aidé ma mère à faire son projet spécial pour la journée. Elle aime parfois gâcher quelques soupers **d'avance** le dimanche et les congeler pour qu'on puisse les passer au four à micro-ondes pendant la semaine, quand elle n'a pas assez de temps pour les gâcher le jour même.

Ça a été le genre de dimanche **productif** et **valorisant** dont grand-maman aurait dû parler dans son journal plutôt que d'écrire un truc tout bête comme :

Même si je dois vivre jusqu'à cent ans, il n'y aura jamais rien de plus important pour moi que d'aller à cette danse et de bien paraître devant M.B. Je te le dis, cher journal : RIEN!

Allez, grand-maman, reviens-en! Ça suffit! Pense à des choses un peu plus sérieuses! Tu ne sais donc pas que tu

Crier après un JOURNAL,

ça fonctionne, non?

ne vivras pas éternellement?

Voici la liste des gens qui l'ont fait.

LUNDI 23

Cher ami,

Isabelle a encore passé l'heure du dîner à la bibliothèque aujourd'hui, à faire ce qu'elle fait d'habitude à l'ordinateur ces jours-ci. **Elle ne veut toujours pas en parler.** Donat a essayé de lui apporter à manger dans son chapeau, mais il s'est fait prendre en sortant de la cafétéria.

La Brunet lui a arraché des aveux assez facilement — elle lui a fait la prise du prof, qui n'est pas vraiment douloureuse, mais qui pourrait très bien l'être si le prof le voulait, et on le sait! C'est une technique que les profs perfectionnent depuis des années en ouvrant d'innombrables **flacons d'aspirines.** Les profs mangent ça comme des arachides salées, les aspirines.

Isabelle n'a pas raté grand-chose de toute manière. Je n'ose pas imaginer le goût du macaroni de l'école mariné dans le petit chapeau sale de Donat. Oh, attends, peut-être que j'ose, en fait :

ÇA GOÛTERAIT PAREIL.

La
REDOUTABLE
PRISE
DU PROF

Angéline s'est assise à côté de moi pendant que je mangeais intelligemment du chou frisé bon pour la santé. C'est à peu près la **seule** façon de manger ça. Pas avec appétit, pas par plaisir ni par goût. Juste parce que c'est bon pour la santé.

— Tu y vas, à la danse? m'a-t-elle demandé.

— Ce n'est pas la meilleure utilisation de mon temps, ai-je répondu en **grimaçant**.

Le goût du chou frisé m'était remonté dans la bouche pendant que je parlais.

J'ai bien vu qu'Angéline songeait, juste un instant, à poser sa main sur la mienne. Et puis, elle a changé d'idée.

Elle avait les yeux encore plus grands et plus larmoyants que d'habitude. Tellement larmoyants, en fait, que son visage a commencé à paraître un peu humide. Je savais qu'elle voulait me dire quelque chose de gentil et sensible. **Elle est comme ça.**

Je lui ai souri. Et je lui ai demandé gentiment :

— Eh, pourquoi tu ne vas pas **péter dans les fleurs?**

Est-ce que ça se fait? Dire à quelqu'un d'aller **péter dans les fleurs?** Je pense que **oui**, parce que ça a eu l'air d'avoir l'effet recherché sur Angéline. Elle a inspiré très fort, elle s'est levée et elle s'est retournée brusquement en faisant claquer ses cheveux comme un joli fouet.

Mais bon... D'accord, il y a probablement des façons plus **sérieuses** de dire la même chose.

Pourriez-vous, s'il vous plaît, vous éloigner gentiment pour aller embaumer les fleurs de votre parfum naturel?

Quelle élégance!

Parce que, tu sais, j'ai décidé que j'étais **sérieuse**, maintenant.

MARDI 24

Cher journal,

J'ai lu une autre page du journal de grand-maman.

R., pour qui j'ai quand même beaucoup d'amitié, m'a fait remarquer qu'il y avait un bouton en train de me pousser au beau milieu du front. Je devrais probablement lui montrer de la gratitude pour m'avoir signalé ça, mais j'aurais pu me passer de son rire. Je vais aller voir le pharmacien pour qu'il me recommande quelque chose. Je ne voudrais surtout pas avoir l'air d'un cyclope à la danse.

Bien sûr, comme tu peux l'imaginer, A.T. n'a jamais eu le moindre bouton, la moindre verrue ou la moindre imperfection sur le visage, et son teint ressemble au satin le plus fin.

C'est un bout de tissu dans lequel j'aimerais bien faire quelques accrocs.

Il me semble que grand-maman ne devrait pas parler de frapper des petites filles même quand elle était petite.

Henri Riverain s'est arrêté devant mon casier aujourd'hui. Il est resté là quelque temps sans rien dire, ce qui m'a fait croire que quelque chose le **dérangeait.**

J'ai voulu savoir ce qui n'allait pas pour pouvoir l'aider. Alors je lui ai demandé :

— C'est quoi, ton problème?

Je me suis tout de suite aperçue que je n'avais pas l'air aussi attentionnée que je l'aurais voulu et je me suis fait une note à moi-même pour me souvenir de prendre un air **attentionné** quand je veux vraiment du bien à quelqu'un.

Et puis, Henri est resté là, à dire des choses sur des affaires.

Ou peut-être des affaires sur des choses.

Je ne sais absolument pas de **quelles affaires** ou de **quelles choses** il parlait, parce que c'était un de ces moments où ni sa bouche ni mes oreilles ne faisaient de grands efforts. Il a fallu seulement quelques instants pour que nos pieds décident de s'en aller dans des directions différentes. La conversation était terminée.

Je pense vraiment que les **conversations spontanées** devraient être mieux planifiées.

Page 85 du scénario. C'est là que tu dis : « Oh, Jasmine, être avec toi, c'est du bonbon! Ça m'a même donné une carie! »

Angéline est **fâchée** contre moi, c'est évident. Elle est passée à côté de moi sans me dire bonjour pendant le dîner. J'ai très bien compris qu'elle voulait que je le remarque parce qu'elle est passée très lentement en envoyant des ondes de parfum de shampoing dans ma direction, ce qu'elle a toujours été capable de faire, mais qu'elle ne m'avait pas fait depuis **très longtemps**.

En plus, elle a fait exprès pour m'envoyer du parfum de pomme verte même si on sait tous très bien qu'elle aurait pu m'envoyer quelque chose d'agréable, comme de la vanille. **Non!** Elle a plutôt choisi le fruit le plus suret que les gens acceptent encore de manger.

C'est une forme très subtile d'agression, mais **je parle la même langue qu'elle.**

Isabelle n'était pas là au dîner. Elle était encore occupée à faire **ce qu'elle fait** depuis quelque temps à la bibliothèque, alors j'ai mangé avec Donat. Ça ne devrait pas me déranger parce que même s'il a l'air un peu déformé et qu'il est une flaque de boue sur le plan social, Donat a en fait un très grand cœur et d'autres caractéristiques super. Mais je me suis tout de même prise à regretter secrètement que ses caractéristiques n'attirent pas les **abeilles**.

Il m'a fait la conversation, mais je n'ai pas fait attention, alors j'imagine qu'il a parlé de la dernière fois que quelqu'un lui a fait un **tire-culotte**. Il appelle parfois ça un « melvin » ou un « wedgie », ou alors il dit que quelqu'un « lui a fait une remontée élastique ». Tu as sûrement déjà entendu parler des esquimaux et de leur vocabulaire au sujet de la neige. Eh bien, les épais sont comme ça : ils ont plus de deux cents noms pour décrire la victimisation par les sous-vêtements.

J'ai commencé à me **demander** si c'était ça, l'école secondaire — juste le blabla d'Henri, le fouettage de cheveux d'Angéline, les tire-culottes de Donat et le je-ne-sais-trop-quoi qu'Isabelle fait à la bibliothèque.

C'était peut-être comme ça pour grand-maman aussi.

MERCREDI 25

Cher journal,

Ma mère m'a parlé de la danse au déjeuner. D'habitude,
ma routine au déjeuner ressemble à ceci :
Ouvrir le frigo.
Ne rien trouver à manger.
Fermer le frigo.
Revoir mes attentes à la baisse.
Recommencer.
Mais je suis plus sérieuse maintenant, alors aujourd'hui,
j'ai pris une de ces sortes de céréales sérieuses qui sont
remplies d'ingrédients utiles. Et comme il faut
beaucoup de force et **beaucoup de
temps** pour mastiquer les céréales de ce genre-là, je suis
restée à table plus longtemps que d'habitude.

CRIC
CRAC
CROUNCH

MOTTES DE
BOULETTES
AUX
GRENAILLES

AVEC
GRAINS
DE SABLE

— Est-ce que tu vas à la danse vendredi? a demandé ma mère.

J'ai levé un doigt, ce qui est le **signe universel** pour dire : « Une seconde. Je mastique. Cette cochonnerie-là ne passe pas facilement. »

— Tu y allais tout le temps, avant, a-t-elle ajouté. Je pense que tu devrais y aller.

Énorme « gloup », comme un âne qui avale un cendrier.

Ça pouvait aussi avoir l'air d'un manchot qui avale une agrafeuse.

Ou peut-être d'un koala qui avale un koala beaucoup plus gros que lui.

— Peut-être, maman, ai-je fini par répondre, mais tu ne penses pas que les soirées de danse, c'est un peu...
bébête?

Ma mère m'a regardée pendant un bon moment, et j'ai eu l'impression qu'elle réfléchissait peut-être profondément à quelque chose.

— Je ne pense pas. Mais tu as le droit de penser ça, a-t-elle dit.

Ça n'a l'air de rien, hein? Mais je connais son jeu.

Ma mère sait que, parfois, je dis exactement le contraire de ce qu'elle dit parce que je ne peux pas m'en empêcher et que j'ai juste envie de me disputer avec elle. Je ne sais pas pourquoi je fais ça. Peut-être qu'elle le mérite. Je ne sais pas.

Mais là, quand elle a dit « *Je ne pense pas* », elle a ajouté tout de suite « *Mais tu as le droit de penser ça* ».

Tu vois? Maintenant, quoi que je dise, je vais être à la fois d'accord et pas d'accord avec elle. **Ma mère est vraiment machiavélique.**

Discuter avec ma mère, ce n'est pas une chose que j'aime faire.

C'est plutôt une chose que je dois faire.

Il fallait quand même que je réponde à sa première question sur mon intention d'aller à la danse. J'ai pris une autre cuillerée de « céréales » et je l'ai mastiquée lentement. J'avais besoin d'une seconde pour réfléchir avant de parler. De plus, si tu ne mastiques pas lentement les céréales santé, tu vas vomir et mourir.

— Je n'ai pas encore décidé, ai-je dit.

Ce qui était vrai.

Du moins aussi vrai que je le jugeais nécessaire.

La vérité n'a pas toujours besoin d'être vraie.

JEUDI 26

Cher full nul,

Tante Carole et oncle Dan sont venus souper ce soir.
Après le dessert, tante Carole est montée à ma chambre.
Elle voulait savoir si j'avais eu l'occasion de lire le journal
qu'elle avait mis dans la boîte.

— Oh, il y avait un journal dans cette boîte? ai-je
demandé d'un ton **parfaitement convaincant**
pour lui faire croire que je ne l'avais pas vu.

— Je sais que tu l'as trouvé. L'as-tu lu? a demandé ma
tante.

— J'ai peut-être jeté un coup d'œil à une page ou deux,
ai-je dit. On ne peut pas violer la vie privée de quelqu'un
avec un simple **coup d'œil.**

Un petit coup d'œil

— Je l'ai lu **du début à la fin**, a avoué tante Carole.

Et elle s'est mise à rire, d'un petit rire sinistre comme la version féminine du gars qui a des ciseaux à la place des doigts, sauf que ce qu'il y a sur ses doigts à elle, c'est du vernis à ongles très artistique.

— C'est fou comme il y a des choses qui ne changent pas, hein? On se ressemble tous sur bien des points, a-t-elle ajouté. Ça aurait pu être mon journal, ou celui de ta mère. Et je parie que tu écris des choses comme ça dans le tien.

Alors j'ai un peu **explosé.**

— Mais tout ce qu'elle a écrit est tellement **bête!** ai-je dit. Elle s'énervait pour des niaiseries! Elle perdait un temps fou à s'inquiéter pour des riens! Et elle ne faisait rien. Elle allait être la grand-mère de quelqu'un plus tard, mais elle n'a pas écrit une seule chose digne d'une grand-mère.

Tante Carole a paru un peu étonnée, et puis elle s'est remise à rire.

— Bien sûr qu'il n'y a rien de **digne d'une grand-mère** là-dedans! a-t-elle dit. Ce n'est pas le journal de ta **grand-mère!**

BAMMM

— C'est le journal de ton *grand-père*, a-t-elle précisé.

— KOI, ai-je dit.

Oui, j'ai dit ça exactement comme ça.

KOI.

J'ai feuilleté le journal. J'ai repensé à ce que j'avais lu.

— Mais... elle parlait d'aller à une danse... avec M.B.

— IL parlait d'aller à une danse. M.B., c'est pour Marie-Berthe. Ton grand-père parlait de ta grand-mère. Elle s'appelait Marie-Berthe, a dit ma tante, les yeux tout à coup pleins d'eau. Il est tombé amoureux d'elle à l'école secondaire.

J'ai couru chercher la photo de mon grand-père — mon grand-père costaud, dur à cuire et un peu **inquiétant**.

— CE GARS-LÀ était dans tous ses états à cause d'une fille?

CHEVEUX LISSÉS AVEC DE LA GRAISSE NOIRE FAITE DE JUS DE VAMPIRES

REGARD PLEIN D'ASSURANCE, ASSEZ POUR CONVAINCRE DES REQUINS, DES OURS ET PEUT-ÊTRE DES GRANDS-MÈRES

MÂCHOIRE TELLEMENT VIRILE QUE LES PETITS GARÇONS SE FONT POUSSER LA BARBE SPONTANÉMENT JUSTE EN LA REGARDANT

Tante Carole a fait une grosse bise à la photo.

— Bien sûr! Les gars ont les mêmes sentiments que les filles. Ils sont parfois jaloux, ils ont de la peine, ils tombent amoureux. Hé! Ton oncle Dan pleure dans les bouts tristes, quand il regarde des films, même s'il prétend que non. Il dit toujours que c'est à cause de ses allergies — des allergies qui se manifestent seulement quand le personnage principal vit une tragédie quelconque...

Tiens, tiens... Je pense qu'Isabelle aussi a parfois des allergies quand elle regarde des films.

— Pour bien des choses qui comptent vraiment, Jasmine, a ajouté tante Carole en souriant, les garçons et les filles ne sont pas tellement **différents.** C'est juste qu'il y a des gens qui ne veulent pas toujours montrer leurs sentiments.

HÉ, LES DISSIMULATEURS DE SENTIMENTS! Vous n'êtes pas aussi habiles que vous le pensez.

— **Pas de dessins!** ai-je dit, soudain consciente de cette absence. Il n'y a aucun dessin dans ce journal. Et grand-maman dessinait très bien. J'aurais dû remarquer ça.

— Je dois reprendre le journal maintenant, a dit tante Carole. Je vais le remettre à ta mère et je ne veux pas qu'elle sache que je t'ai laissée le lire en premier.

Je lui ai demandé si elle savait qui était A.T.

— **A.T.?** a-t-elle demandé?

— Oui, le gars super beau dont grand-papa était jaloux. Avec des cheveux magnifiques. Il était peut-être amoureux de grand-maman lui aussi?

Ah, oui! Ça fait tellement longtemps, Jasmine. Il n'y a plus **personne au monde** qui pourrait résoudre ce mystère.

Il n'avait pas vraiment un visage comme ça. C'est juste ma façon de montrer que c'est un mystère.

Une fois ma tante Carole partie, j'ai fixé mon collier hideux un bon bout de temps. Toutes les bêtises écrites dans ce journal avaient de **l'importance,** après tout.

Elles avaient fini par faire **une vie**. Les choses bêtes. Les choses sérieuses. Les choses superbêtes. Et les extra-superbêtes.

La danse était vraiment la chose **la plus sérieuse de toutes.**

Oh, mon Dieu!
Henri.

VENDREDI 27

Cher journal,

C'est très difficile quand on a perdu sa bêtise. On se rend compte tout d'un coup que, d'une certaine façon, la bêtise, c'est ce qu'on avait de **mieux.**

Je me suis dépêchée de trouver Henri et je lui ai dit la chose la plus bête qui m'est passée par la tête.

— Hé, Henri! **Tu veux venir à la danse avec moi?** ai-je demandé tout bêtement.

Il a eu l'air un peu étonné, et puis il m'a souri.

— Heu, ouais. Bien sûr, a-t-il répondu. Mais j'avais l'impression que ça ne te tentait pas. Je voulais te dire quelque chose au sujet de ta grand-mère, mais chaque fois que j'ai essayé, tu as juste...

Je lui ai coupé la parole sans le laisser finir sa phrase.

Mais d'une manière adorable, quand même...

— Je sais. Je suis désolée. C'est juste que je n'avais plus la tête à faire des bêtises. Mais ça ne se reproduira pas. À partir de maintenant, je redeviens bête. Pas complètement bête. Juste assez bête. Et pas tout le temps. **Je serai bête quand il le faudra.**

Et Henri — c'est incroyable! — a eu l'air de comprendre ce que je voulais dire.

Ensuite, je suis allée trouver Angéline et je lui ai dit :

— **Je vais arranger les affiches.**

Mlle Angrignon va sûrement me laisser travailler dans la classe d'arts à l'heure du dîner.

Angéline m'a serrée dans ses bras.

— Je suis désolée, a-t-elle dit. Je n'aurais pas dû...

Je ne l'ai pas laissée finir sa phrase elle non plus.

— Je suis désolée moi aussi, mais n'oublie pas que toi et moi, on n'est pas faites pour les câlins. On a déjà parlé des gens qui ont leur propre **espace personnel** dans lequel ils ne veulent voir personne, et je suis la reine de ces gens-là.

Prisonnière d'une
BLONDACONDA

Et je vais mieux. Je vais beaucoup mieux. Laisse-moi arranger les affiches, ai-je ajouté.

Ce que j'ai fait. Je sais que c'était un peu tard, puisqu'il restait seulement quelques heures avant la danse, mais j'avais le sentiment que je devais les arranger. Il le fallait.

Et la danse a été super. Il y avait plein de ballons, de décorations et de musique. Je me suis beaucoup amusée, peut-être pour la première fois depuis des semaines. Je pense que grand-papa et grand-maman auraient apprécié toutes les **bêtises** qu'on a faites.

Mais Isabelle avait l'air un peu triste, alors je lui ai parlé quelques minutes dans le corridor.

— Je t'ai laissée tomber, Jasmine. **J'ai laissé tomber ta grand-mère**, a-t-elle dit.

— Qu'est-ce que tu racontes?

Quand une personne qui est TOUJOURS triste devient encore plus triste, c'est comme si quelqu'un lui avait donné un sandwich aux déchets

après avoir marché dessus.

— Quand on a su à quelle école allait ta grand-mère, j'ai commencé à faire des **recherches.** Même avec les vieilles chauves-souris vampires qui tournaient autour de moi à la bibliothèque, j'ai trouvé des dossiers sur tous les élèves de sa classe.

— J'ai cherché un garçon dont les initiales étaient M.B. C'était le gars qu'elle aimait, tu te souviens? Ou alors une certaine A.T., la belle brune qui lui empoisonnait la vie. Mon plan, c'était de trouver cette A.T. et de faire quelque chose de terrible à sa pelouse, par exemple, ou de lancer des œufs sur son auto, tu sais, pour honorer **gentiment** la mémoire de ta grand-mère. Mais je n'ai pas trouvé de fille dont les initiales étaient A.T, ni de gars dont les initiales étaient M.B.

J'ai serré doucement Isabelle dans mes bras, ce qu'elle interprète presque toujours comme une attaque meurtrière, mais pas cette fois-ci.

REGARDE! ELLE A MÊME SOURI!

OK, PAS VRAIMENT, MAIS JE N'AI PAS REÇU DE CLAQUE!

— En fait, c'était le journal de **mon grand-père**, ai-je dit. M.B., c'était ma grand-mère.

Isabelle m'a jeté un regard vide. J'avais l'impression que son cerveau était en train de traiter l'information. Et puis, elle a fait un grand sourire, et c'était comme si un ballon **éclatait.** Peut-être à cause du sourire, peut-être pas. **Qui sait?**

— Alors, A.T., c'était un garçon... a fait Isabelle en hochant la tête. Dans ce cas-là, je sais **exactement** quoi faire.

Isabelle a
déjà fait
cailler du
lait avec ce
sourire-là.

Une minute plus tard, elle me tirait vers la table du goûter où quelques-uns des profs servaient des biscuits et de la limonade.

— Monsieur Tremblay, a-t-elle dit, seriez-vous par hasard allé à l'école secondaire Marchaupas, à Val-Déry? Mais je devrais peut-être vous appeler... **Aldéric** Tremblay?

M. Tremblay était tellement étonné que j'ai cru que sa moumoute allait s'envoler.

— Comment diable sais-tu ça...? a-t-il marmonné.

Isabelle a levé le pied vers l'arrière, en position de combat. M. Tremblay n'avait sûrement pas conscience du danger qu'il courait. J'ai déjà vu Isabelle frapper des *chaises* entre les pieds comme ça, tellement fort qu'elles n'ont plus jamais été solides.

Je me suis placée devant lui pour le protéger.

LA TERRIBLE POSITION DE COMBAT

— Ôte-toi de là, Jasmine, a dit Isabelle. Je fais ça pour ta grand-mère. Ou plutôt pour ton grand-père, maintenant, je suppose. Quand je quitterai ce monde, j'espère que j'aurai donné des coups de pied à tous ceux qui le méritaient. Je fais pour ton grand-père ce que je ferais pour moi-même.

M. Tremblay a mis sa main sur mon épaule.

— Je suis allé à l'école secondaire Marchaupas, en effet, et je connaissais ta grand-mère.

Il connaissait ma grand-mère. Je ne le croyais pas aussi ancien. Je suppose que sa perruque fait bien son travail, après tout.

AVEC   SANS

— Elle était très belle, Jasmine. Oh, j'étais un peu amoureux d'elle! Tous les garçons l'étaient.

— Elle était **tout à fait** comme moi, alors, ai-je répondu très humblement.

— Je connaissais ton grand-père aussi. C'était un dur de dur, un vrai tigre. Un homme de fer. Lui et ta grand-mère étaient faits l'un pour l'autre. **Je n'avais aucune chance,** a-t-il ajouté avec une pointe de tristesse.

J'ai entendu les tendons se détendre dans les jambes d'Isabelle. Elle envisageait de ne pas frapper M. Tremblay.

— J'ai failli te le dire quand j'ai fait le lien, Jasmine, mais j'ai pensé que ce serait peut-être gênant pour toi.

Bien pensé, monsieur Tremblay. Gênant, c'est le mot juste!

BRUIT DES MUSCLES ET DES LIGAMENTS QUI SE DÉTENDENT

Je ne sais pas comment écrire ça, alors tu vas devoir l'imaginer.

— En tout cas, je suis vraiment désolé, Jasmine. Ta grand-mère est une fille super. On s'amuse bien avec elle.

J'ai retenu mon souffle.

EST.

M. Tremblay a dit **est**. Et il l'a appelé une fille. Pas une grand-mère, ou une vieille dame. Elle est encore là, bien vivante, dans sa tête. Et dans sa tête, c'est une fille.

— Elle aimait bien vos cheveux, ai-je dit. Et grand-papa en était jaloux.

Il a passé les doigts dans sa perruque en riant.

— J'avais ça pour moi, au moins, a-t-il dit. Si je porte cette perruque ridicule, c'est uniquement pour me souvenir de ce temps-là. Je sais bien que je ne trompe personne.

— C'EST UNE PERRUQUE? me suis-je écriée, comme si je croyais sincèrement que c'étaient ses vrais cheveux.

— Bel effort, a-t-il répondu, sourire en coin. Ta grand-mère mentait très mal elle aussi.

J'ai enlevé le collier laid que j'avais trouvé dans les affaires de ma grand-mère et je l'ai remis à M. Tremblay.

— Pourriez-vous garder ça pour moi pendant que je vais danser? Je ne voudrais pas le **perdre.**

Il a baissé les yeux et il a eu l'air comme hypnotisé, transporté à une époque lointaine, quand les grands-pères et les grands-mères étaient des jeunes avec des colliers laids et des vrais cheveux, dans un monde où on pouvait acheter n'importe quoi pour vingt-cinq sous et où tout le monde se posait les mêmes **questions bêtes** que maintenant.

Il m'a souri gentiment, et puis Isabelle lui a donné un **coup de pied.**

MISE EN SCÈNE.
NE PAS ESSAYER
À LA MAISON.

Ce n'était pas un de ses coups de pied habituels –
autrement dit, elle a gardé son soulier et tout. Et
M. Tremblay n'est même pas retombé par terre.

Je lui ai expliqué pourquoi Isabelle avait ressenti le
besoin de faire ça; elle essayait juste d'en finir avec **une
affaire non réglée** de mon grand-père.

Il a dit qu'il comprenait et qu'il ne la punirait pas.

— J'espère que quelqu'un va en finir avec mes affaires
non réglées un de ces jours, a-t-il dit d'une drôle de voix
haut perchée.

— **Ça pourrait bien être moi,** a dit Isabelle
en lui tendant sa perruque, qui avait atterri dans les
biscuits à l'avoine.

Comme si les biscuits à l'avoine n'étaient pas
déjà assez dégoûtants comme ça...

Le reste de la danse a été génial. **Plus bête que ça, tu meurs!** J'ai dansé en faisant toutes sortes de bêtises avec Henri, puis avec Angéline. Ensuite, on a tous dansé en faisant des bêtises avec Donat. Il a lancé un défi à Isabelle pour savoir lequel des deux danserait le plus longtemps, et il aurait peut-être gagné sauf qu'après quelques minutes, il s'est mis à tousser et à cracher des poils de perruque qui avaient atterri par accident sur ses biscuits à l'avoine. **Ouille!**

Honnêtement, je ne me souviens pas d'avoir fait autant de **bêtises** amusantes en une soirée.

SAMEDI 28

Cher toi,

Maman a sorti le journal de grand-papa ce matin et on s'est installées confortablement sur le divan pour en lire des passages ensemble.

Elle ne l'avait jamais lu et, quand je lui ai dit combien j'avais été étonnée d'apprendre que grand-papa était comme un **gros lapin tout doux** quand il s'agissait de grand-maman, elle m'a dit que papa était exactement pareil.

— Ton père a pleuré en regardant Bambi, a dit maman. Je ne voulais pas qu'il se sente mal à l'aise, alors j'ai dû pleurer moi aussi. J'ai juste pensé à mes souliers favoris en train de brûler.

On a feuilleté le journal. Elle a pleuré et elle a ri comme une folle, et j'ai pleuré et j'ai ri moi aussi. À la fin, je pense qu'elle riait plus qu'elle ne pleurait, et elle a même commencé à **renâcler** et à **caqueter** comme avant. Je pense que ce qui l'a aidée le plus, c'est probablement que grand-papa ait été aussi bête.

Elle ressemblait moins à une petite fille qui avait perdu sa maman pour toujours, et plus à une petite fille qui ne la perdrait plus jamais.

J'ai été frappée de constater à quel point j'aimais son rire.

Plus tard, j'ai repensé à toutes les choses que j'ai faites dans ma vie — les choses sérieuses, les choses bêtes, les choses superbêtes et les choses extra-superbêtes — et j'ai compris que les choses bêtes m'avaient souvent amenée à faire des choses sérieuses.

Le sérieux, il n'y a rien de mal à ça. C'est même essentiel, mais la bêtise, on dirait que c'est magique. Au début, on s'en veut et on le regrette, mais finalement, on se rend compte qu'on en a besoin pour arriver aux choses sérieuses.

Et peut-être que parfois, la bêtise est la meilleure partie de la journée. Ou de la semaine. **Ou de la vie.**

Je n'aurais jamais dû essayer d'y renoncer. Je pensais vraiment que ce serait un changement pour le mieux, mais j'ai compris qu'en fait, c'est parfois mieux de **changer pour le pire.**

Merci de m'avoir écoutée, cher nul.

Es-tu capable d'être vraiment bête?

Jasmine essaie de vivre sa vie une bêtise à la fois. Et toi, en serais-tu capable? Essaie de choisir la réponse la plus bête pour chacune des situations suivantes!

1.) Le gars que tu aimes en secret t'invite à la danse de l'école.

   a. Tu souris et tu dis : « Dites à vos gens d'appeler les miens pour arranger ça. »

   b. Tu regardes par terre et tu marmonnes : « Certainement. »

   c. Tu pointes le doigt vers le bout du corridor et tu cries : « Wow! Est-ce que c'est un koala en haut-de-forme? » Et tu cours dans l'autre direction avant de devoir ajouter autre chose.

2.) Ta mère te demande de faire le ménage de ta chambre. Qu'est-ce que tu fais?

a. Tu fourres tout dans le placard et tu lui annonces que tu as fini.

b. Tu commences ton ménage, mais tu te laisses distraire et tu finis par mettre du vernis sur les griffes de ton chien.

c. Tu lui dis que si c'est ta chambre, c'est à toi de décider de quoi elle va avoir l'air, et que si ce n'est pas ta chambre, c'est sa propriétaire qui devrait faire le ménage.

3.) C'est le jour des photos de classe... mais tu renverses du jus sur ton chandail préféré en te rendant à l'école. Qu'est-ce que tu fais?

a. Tu gardes ton chandail. Ta mère va trouver ça très drôle quand elle va voir la photo!

b. Tu fourres le chandail dans ton casier et tu te fais photographier dans le tee-shirt légèrement moins sale que tu portais en dessous.

c. Tu cours à la cafétéria et tu renverses tout ce que tu trouves sur ton chandail. Maintenant, on dirait de l'art moderne!

4.) Ta tante fofolle vient te rendre visite et elle s'installe dans ta chambre. Tu dois dormir sur le divan. Qu'est-ce que tu fais?

a. Tu mets des pièges partout dans ta chambre, et tu fais semblant de ne pas comprendre pourquoi elle est couverte de moutarde et de brillants quand elle en sort.

b. Tu endures son séjour en souriant. C'est seulement pour quelques jours et, au moins, tu peux rire d'elle derrière son dos.

c. Tu donnes à ton chien un bol de fèves au lard et tu rigoles en le regardant s'installer au pied du lit pour dormir.

5.) Tu pars en vacances avec ta famille, mais tu ne retrouves pas ta valise à l'aéroport. Qu'est-ce que tu fais?

a. Tu prends n'importe quelle valise. Il y aura sûrement quelque chose à ta taille.

b. Tu essaies de voir de combien de façons différentes tu peux porter le tee-shirt, le jean, le chandail et le manteau que tu portais dans l'avion. Un manteau porté comme pantalon? Un jean sur la tête? Il y a une foule de possibilités!

c. Tu portes certaines des affaires de ta mère, même si elles sont bien trop grandes. Au moins, il n'y a personne que tu connais dans le coin! (Et tu brises « accidentellement » l'appareil photo, juste pour t'assurer que personne ne verra de photos de toi comme ça!)

6.) Le sixième plus beau gars de la classe vient s'asseoir à côté de toi à la cafétéria.
   a. Tu lui dis qu'il faut payer un dollar pour s'asseoir là.
   b. Tu t'évanouis. C'est parfois une excellente stratégie.
   c. Tu essaies de ne pas l'aveugler avec ton sourire le plus charmeur.

7.) Il y a un important test de maths qui s'en vient. Comment te prépares-tu?
   a. Tu inventes des chansons et des numéros de danse extraordinaires pour t'aider à mémoriser tes tables de multiplication. Personne n'aura d'objection à ce que tu les ressortes pendant le test.
   b. Tu étudies toute la nuit et tu t'endors aussitôt que le test est distribué.
   c. Tu regardes tes notes quelques fois et tu croises les doigts.

8.) La fille la plus parfaitement parfaite de l'école t'envoie un balayage de cheveux au parfum du shampoing dont elle seule a le secret.
   a. Tu étouffes un cri et tu tombes par terre, le souffle coupé.
   b. Tu essaies de retenir ton souffle.
   c. Tu la vaporises avec un mélange de ta fabrication, dont tu gardes une bouteille dans ton sac à dos justement pour les occasions comme celle-ci.

1.) a 2.) b 3.) c 4.) a ou c 5.) b 6.) b 7.) a 8.) c

Fabrique tes propres affiches bébêtes

Fabriquer des affiches pour l'école, ce n'est pas un travail d'amateur! Dessine des affiches pour annoncer les équipes et les activités que voici. (Et n'hésite surtout pas à ajouter tous les brillants que tu voudras!)

Mathlètes . Exactement comme des athlètes, mais pas du tout aussi amusants à regarder!

Joins-toi à l'équipe de soccer!
Une activité considérée comme un sport dans plusieurs pays.

Qu'êtes-vous devenus mes frères, vous les comédiens du bon vieux temps? Ne manquez pas les auditions du Club de théâtre pour *Roméo et Juliette!!*

Le carnaval d'hiver — pour que l'hypothermie redevienne amusante!

Mascotte scolaire recherchée!
Qualités requises : enthousiasme, capacité de faire la roue et de respirer sous vingt kilos de feutre

Inscris-toi au Club de cuisine!
Mais essaie de n'empoisonner personne, hein?

Bêtises en famille

Les adultes aussi sont capables d'être bêtes! Parle aux adultes avec qui tu vis pour connaître leurs réponses aux questions suivantes. (Tu pourras ensuite menacer de les divulguer quand tu le jugeras utile!) Qu'est-ce qu'ils auraient écrit dans leur journal après ces épisodes? Invente une page pour chacun!

Quelle est la plus grosse bêtise que ta mère a faite dans sa vie?

_____

Écris ce qu'elle aurait pu mettre dans son journal à ce sujet.

_____

_____

_____

_____

Quelle est la plus grosse bêtise que ton père a faite dans sa vie?

_____

Écris ce qu'il aurait pu mettre dans son journal à ce sujet.

_____

_____

_____

_____

_____

Quelle est la plus grosse bêtise que tes grands-parents ont faite dans leur vie?

_____

Écris ce qu'ils auraient pu écrire dans leur journal à ce sujet.

_____

_____

_____

_____

_____

mon JOURNAL FULL NUL

TU NE PEUX PAS TE PASSER DE JASMINE KELLY?
LIS LES AUTRES ÉPISODES DE SON JOURNAL FULL NUL!

À propos de Jim Benton

Jim Benton n'est pas un élève du secondaire, mais il ne faut pas lui en vouloir. Après tout, il réussit à gagner sa vie grâce à ses histoires drôles.

Il a créé de nombreuses séries sous licence, certaines pour les jeunes enfants, d'autres pour les enfants plus vieux, et d'autres encore pour les adultes, qui, bien franchement, se comportent parfois comme des enfants.

Jim Benton a aussi créé une série télévisée pour enfants, dessiné des vêtements et écrit des livres.

Il vit au Michigan avec sa femme et ses enfants merveilleux. Il n'a pas de chien, et surtout pas de beagle rancunier. C'est sa première collection pour Scholastic.

Jasmine Kelly ne se doute absolument pas que Jim Benton, toi ou quelqu'un d'autre lisez son journal. Alors, s'il vous plaît, il ne faut pas le lui dire!